11,50

pour Kakuska, avec mes
cordiaux remerciements
pour son attention

[signature]
Le 16 janvier 2009
19

Vitres griffées éteintes

DU MÊME AUTEUR

La Suite des temps, éditions de l'aube, 1987
Duel, idylle, adresse, éditions de l'aube, 1990
Ô ter abcède, éditions L. Mauguin, 1997

Le Champ Rocant,
Parce que le soleil faisait le paon sur le mur,
in Ralentir travaux n° 4 et 7

© 1998, éditions L. Mauguin
1, rue des Fossés-Saint-Jacques 75005 Paris
ISBN : 2-912207-06-1

Vitres griffées éteintes
Martin Ziegler

éditions L. Mauguin

pareil au givre
— il a son attention —
                              maintenant
sa jeunesse
à hauteur d'épaule
la main le transit en amont

Nous sommes au mieux sur le point du toit
voisins
mais muets
l'après-midi
d'une grive
surveillante de l'ombre
Guettant l'écho

LÉZARD

je me soumets
hiver
au cœur de l'été
vous ne serez pas éteint

Le soleil a lâché la main
de l'arbre
oublieux du sol   Lente chute

dans l'hiver qui rayonne
inclinations profonde et déchirante
pour
les terres
Et sans appel

SUR LE BORD PEINT D'UNE ASSIETTE

où la main
      s'est
assoupie
sur le genou
de la pensée

au lieu de saisir
la tête

des routes

REVERS

Tulipe   qui
mets fin
à l'espérance

ici

de poursuivre

avec le vol d'un colvert
quand
                    tu éclos

INONDATION

Son rire
insaisi
qui emprunte mon chemin
est mon chemin
fusant
éclatant
vol d'étourneaux

enracine
mon champ nu
récompense
le mouvement de la fougère
    qui même

hors du vent

bouge

ANDRÈNE

le givre de la douleur
               expirée
rapproche

l'horizon
du nuage

loin
de l'arbre   de la bouche

embellie

et la main plus seule

comment mettre la main
dans la main du ciel

Tout est dépris
avant même
le mot
          prendre
le chemin
seul n'interroge pas

le retour

c'est

comme si nous pouvions encore
nous unir
feuille sur feuille

dans cette
            marche
conciliante du pas

vipère

c'est toujours
à devoir
trop tarder pour saisir
ton éclair de nouveau-né

ce qui est là
et à être

            matin   feuille de neige

jusqu'au soleil

Qui

    de moins recouvert
    de plus aimé
    que ce champ tenant lieu
    sous le mot
    de terme
    qui sans racine   s'ombre

                        du mot
    vertical

    non-pareille
    à saisir la main
    où je
    s'enterre

    sur toi

Vous êtes plus loin

tandis que se dénouent
les boucles de l'orage
se serrent
contre la déroute éclairée
la tête de la montagne
son déchirement compact

et retour retour

au mot
pluie
montant autour du pas
la demeure défaite

dans cet éboulis

préféré
aux êtres

les buis ont enlevé leur robe
nue

quand vous étiez un orage

corps voulu charnière
sur le ciel
fenêtre

rêveuse
d'embraser l'air

les êtres   ses empiétements
                              articulés

tour à tour
rétractiles

Où le même
pour
pente Neige génie bleu
du bleu
ma rivière

ma vague
sombre
      en toi

l'embrasure
              que tu habites
   obscurcit
   la maison

comme le soleil

fait de l'ombre
                        aux herbes
aux traces d'herbe de
buisson
tendres
prompts à enjoindre ton passage
                  et tes mains

                          fraîches caressées vides

longues ombres terre d'ocre
              marcheur serré

votre lien
ce jour

sous le défiant buisson le terme
en bouquet
me devient introuvable

dans la nuit
la nuit elle-même
se montre absente

Reste
   ne reste pas

pourquoi   vers les montagnes
le chemin aimé

au sortir éperdu
de sillons rouges   roches
soleil
nuit
de neige dessinante

n'est
que d'être
pris

n'est-il pas de bras
qui l'enlace
            ne vient-il jamais
vers moi

et même

qui m'efface
à son passage

le silence

Telle   la tension
dans le mot buis

après l'averse

ici et là
                    calices gris

neige autour
d'une herbe

pour finir   jaillie
des buissons
tel s'étonner à angle droit

                    une grive

vent qui se penche

sur l'herbe
ne redoute pas la neige
           à ses pieds
ni son pas circulaire

la pluie patiente

jusqu'à la lumière venue
à bout du chemin   du ciel
notre insomniaque pliure

tout est arrêté

commence
par quitter

plus que marcher au loin

se quitter dans la marche

orages

aux mains hébétées
aux pluies sans maisons

regarde sous l'auvent détruit
la haie d'amour

et le chien retenu
par l'abolition des chemins
qui recueille l'éclat doré
de notre revers

où
l'erre

de l'arbre
se tend
de l'herbe le sens
s'arrête la rivière la grive
l'annonce
lorsque tu es partie

que donnent-ils
à penser
                  à la neige
quelle ombre quelle pluie
plus étrangère
que toi

de toute feuille
de tout congé

le sentier mauguin

où la montagne

mais vêtue

n'a de neige
que la trace

MÉTÉORE

le pas
     de la langue
au-dessus de la faille du nom

dans l'éclair

le nom qui n'appelle rien
     au-dehors
hormis l'écho du pas en lui

Comment
ne pas heurter
à chaque mot
les embrasures du vide

comme la branche dans le ciel

quittant l'arbre

Mords si tu peux
                    sur
cette ligne d'horizon
au point du jour

où demeure
m'est
ce que j'ignore
le soleil

peut bien
sommeiller
plus loin
que la nuit

il n'est pas

d'horizon
que la ligne
des mots

Reste encore
sous le sommeil
une largeur de main
pour confondre la tendresse ronde de l'écorce
et le dénuement égaré de l'air
mais nuage
dressant les cimes
sans lasser l'arbre par son étirement

Restons encore   en avant
d'ici
où terres
de là où nous voulons
être

comme la bouche
entre notre pensée
béant après le chemin
inconnu
l'inconnu
sans langue

volcan
à ne pas douter du pain
des terres
mon attente sans rose
    et l'orgueil d'une floraison
qui échoue
sur une vie d'herbes

sur des herbes

terres

ce qui reste

lumière miel
défaite
couleur d'argile de chevilles
de rose
après ces non chemins

serpent
contre serpent

n'attache
le pas
au moindre

arbre
resté
sans répondre

de sa ressemblance

devant   devant
l'insomnie   la lumière

le chemin ordonne

pluie aux longues jambes
lumière lèvres   et broussailles
touffeur buis
derrière   le sommeil

ravines encore — plaies empierrées
effaces le chemin retiens
la foudre aux yeux
                        abolis
les genèses du toit

larmiers

où être seul

comme la marche

le pas
dans l'été
autour de la colline   hôte
                                                 le soleil

passant
au loin du sentier

où marcher
sans prendre du champ
devant sa main contre la vitre
mais la main de sable
tendue à la vigne
dessolée

et
pourquoi
nous
encore
ce raidillon

    embellies
                nuages

c'est où aller
            maintenant

les chemins ne sont plus amènes
en avant   de ton courage
leur cœur

s'est assoupi

au pied du vent

De cet ouvrage il a été tiré sur Centaure Ivoire

trente-trois exemplaires enrichis
d'une photographie de Danilo Pellegrini
numérotés de HC I à HC XI
et de 1 à 22
signés par l'auteur et le photographe

et sept cent soixante-sept exemplaires
numérotés de 23 à 800

l'ensemble constituant l'édition originale de
Vitres griffées éteintes
de Martin Ziegler

EXEMPLAIRE N° 71

Achevé d'imprimer par Corlet, Imprimeur, S.A. - 14110 Condé-sur-Noireau (France)
N° d'Imprimeur : 29589 - Dépôt légal : février 1998 - *Imprimé en U.E.*